KB188589

안 부

순간을 기적처럼 살아가는

＿＿＿＿＿＿＿＿＿님께

세상 모든 것에 깃든 사랑을
함께 나누고 싶습니다.

안 부

김선순 시집

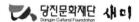

시인의 말

쌓여가는 세월이 아찔하다.
세월 따라 살아간다는 것은 몰려드는 이별을
혹독하게 견뎌내는 일이라는 것을 깨닫는다.

언제 흘렀는지 모를 치열한 삶은
도저히 끝날 것 같지 않던 순간을 끊어주었고
꿈에도 생각 못한 몸의 반란을 일으켜 세웠다.

되돌아본다는 것은 상상조차 할 수 없는 두려움
미래를 꿈꾼다는 것은 가늠조차 할 수 없음이었다.

줄줄이 해내야 하는 일들에 파묻혀
게걸스러운 현재를 거짓말처럼 살아냈다.

삶으로 스며들어와

세월 따라 스쳐 지나간 사람들
스러져간 하루, 시들어간 꽃들
눈물나는 이별로 사는 법을 익혔다.

육신으로 새겨놓은 사랑은
가슴에 텅 빈 구멍을 뚫었고
시도 때도 없이 휘몰아드는 바람은
한 번도 말해보지 못한 나를 캐냈다.

세상을 떠받치는 아틀라스처럼
살아있음으로 짊어진 이별의 형벌
아프고 아파도 견뎌야 하는 끝없음이었다.

안부를 묻는다
떠나간 사람에게
절정을 불태웠던 수많은 꽃에게
스쳐간 하루하루에게
다시 나에게로

2024년 8월 한여름 치열한 매미소리와 함께
김선순

목차

1부   떠나간 사람에게

2부 절정을 불태웠던 꽃에게

3부 스쳐간 하루하루에게

4부 다시 나에게로

1부

떠나간 사람에게

안부

거긴 어때?
보고 싶다

너와 함께 걷던 길을 따라
걷고 또 걷는다

길 사이사이로
너와 나눈 이야기가
휘리릭 한자락 바람으로

너와 멈추었던 자리
나도 모르게 걸음 멈춰선다
버석거리는 풀잎새 사이 작은 꽃잎
감탄하던 네 목소리로 피어오르고

느린 걸음으로 걷다가
털썩 몸 내려놓고 앉았던 의자는
그날 그대로 그 자리에 있는데

너와 함께였던 그날들
텅 비어진 의자로 남아 너 없는 자리
가닿지 못하는 그리움만 휘몰아도는구나

너 있는 그곳은 괜찮니?
보고 싶다

너 없이도

언제였을까
부드러운 너의 손길
일랑일랑 흔들리는 물빛

잊힌 듯 잠자코 있다가
살갗 사이 따사로움 핀다

언제였을까
따뜻했던 너의 목소리
살랑살랑 나부끼는 바람

더이상 들을 수 없다가
귓불 부드럽게 두드린다

아지랑이처럼
눈부신 봄날 햇살 타고 내려와
온몸 구석구석 일깨워 주는 너

몸으로 새겨진 손길
몸 안에 담긴 목소리
긴긴 세월 흘러감이 무색하게

너 없이도 보이고
너 없이도 느껴지고
너 없이도 들을 수 있다

너를 위하여

내게 주어진 간절함 모두 불러내어
기도하고 싶은 일들이 많아져간다
알고 있는 모든 말 총동원해서라도
기도문을 적어 되뇌고 싶다

상상도 못한 일들은 너의 일상에서
오늘도 일어나고 있고 나는
너와 단절된 일상에서 머뭇거리며
소식을 애태워 기다릴 뿐이다

함께 봄날 같았던 일상들
갑자기 눈 깜짝할 사이 사라져
궁금함으로 걱정으로
하늘 높은 줄 모르고 커간다

너 없는 나의 일상은
잠깐씩 울리는 걱정 틈새로 잘도 지나는데
문득 어깨 움츠리게 하는 봄날 꽃샘바람

알 수 없는 한기가 온몸을 휘감아돈다

다시 내게로
함께하는 시간을
사랑을 꽃 피울 수 있을까
파도살 한 방에 무너져내리는 간절함
찢긴 시간으로 무너진 공간에는
소리가 되지 못하는 울부짖음 한가득

넌 나에게

너를 알고 너를 생각하고
너를 만나고 너를 이야기하고
너를 만난 것이 그냥은 아닌 거야

한 글자 한 글자 눌러 써
보내주던 너의 기도
그래, 너로 힘을 낼 수 있었다

어떤 이름으로도 부를 수 없는 마음
끝없는 나락의 끄트머리 어디쯤으로
너를 데려가 축축하게 붙잡고 있대도

기억해, 너에게서 사랑을 받은 내가
단단하게 자리잡고 너를 기다리는 걸
너와 함께 걸었고 걷고 싶어한다는 걸

너를 알고 기쁨이었던 순간
너를 생각하며 웃음 짓던 순간

너를 만나고 위로가 되던 순간

나는 너를 이야기하면서
잔잔한 호수에 일랑일랑
물결 반짝이는 눈부신 빛을 만나

보고 싶다

어느 때부터인가
나도 모르게
보고 싶다는 말 되뇌고

생각보다 먼저
입안을 맴돌아 나서고

보고 싶다 튕겨 나오는 말에
놀란 가슴 쓸어내리며

소리 없는 그리움
엇갈리는 발걸음으로 허둥댄다

앞으로 걷는 것보다
뒤로 걷는 것이 훨씬 편하다는
앞으로 걸을 수 없는
어느 아주머니의 어설픈 걸음처럼

왜인지 이유도 모르게
보고 싶다는 말이
시와 장소 구별없이 널을 띈다

너에게

너의 살고자 애씀의 순간에
토닥토닥 따뜻한 손길이 되어줄게

너의 무거운 책임감의 순간에
두 팔 벌려 포근하게 안아줄게

너의 깊은 외로움 순간에
발맞춰 걷는 걸음이 되어줄게

견디며 겪어내며 살아온 너의 순간
기대일 수 있는 어깨가 되어줄게

사랑의 힘으로, 살아있는 이 순간
너에게 너에게 기쁨이 되어줄게

봄길을 걷다

냉이꽃 수선화 꽃다지
유난하게 작은 꽃을 사랑했었지
너의 마음으로 여전히 봄을 살고 있다

잘도 흘러가는 시간 사이마다
돌봄 기다림 그리움 아무것 없이도
그네들은 방긋방긋 봄날을 피워내더라

산 너머 하늘과 하얀 구름
하루종일 언제나 바라보는 것도 아닌데
그네들은 올려다볼 때마다 함께더라

꽃다지 빛깔로, 냉이꽃 한들거림으로
걸어도 뛰어도 꼭 붙어 함께인 너
봄날 풍경으로 끝나지 않는 들길

너 없는 봄 혼자서 너를 안고 걷는다

너의 뒤에서

너의 뒤에서
난 항상 존재해

가끔은
내가 너에게
버겁고 힘들기도 하겠지

너에게 내가
눈살 찌푸러져
고개 돌려 버리게 할지도 몰라

나보다
더 가까운
다른 것들에게 마음 주고

나를 잊게 한 것으로
잠시
행복해지기도 할 거야

나는 너에게
늘 변함없음으로
너의 뒤에서
널 위해 존재하고 있어

변덕부리고 춤을 추는
너의 마음 모두
내게는 소중하니까

너를 살게 하는 나를
너에게 살아있는 나를

벼락같은 알아차림
너에게도 올 테니까

너를 보면

너를 보면
내 안에 어쩜 그리도 많은
웃음이 있었을까 싶어져

너를 보면
내 삶에 어쩜 그리 커다란
사랑이 있었을까 깨달아

너로 인해 난
나의 행복을
나의 사랑을 마주해

너를 보면
언제나 참 좋아
너와 함께라서 고마워

공존

너에게
나의 있음이 힘이 될 수 있다면
그냥 그냥 웃음이 날 거야

너에게
나의 살아있음이 곱게 비춰든다면
나는 마냥 행복해질 거야

나에게
곁으로 있어주는 너
생생하게 살아갈 수 있고

나에게
내밀어주는 너의 손길
지금을 살아가는 힘을 내

인동꽃

어젯밤 산책 나갔다가
인동꽃 핀 것 보았어

인동덩굴 사이로 하얗게 노랗게
하늘 날아오를 듯 피어있더라

하얀색 꽃잎이 시간 지나면
노란색 꽃잎으로 변해간다고
언젠가 말해준 너의 목소리가 들려와

겨울 동안 시든 잎새 떨구지 않고
겨울을 잘 참고 이겨낸다고 인동이랬나
어쨌든 잘 참는다고 그래서 좋다고

참아야 했던 것들이 뭐였을까
왜 그렇게 참아야 했을까
인동꽃에서 너를 향한 그리움이 요란하다

향긋한 꽃내음 그 향기따라
내게로 이미 와있을 내 동생아

너에게로 가는 길

손 내밀어
마음 보내는 일이 왜 이리 어려운가
생각 없이
내 마음 말해지는 대로 움직이고 싶어

보이지 않는 생각
이미 손발을 꽁꽁 묶어놓았다

너에게로 가는 길
냅다 손 한번 뻗으면 가 닿을 듯
생각 범벅으로 웅크러진 팔뚝은
천근만근 뻗어지지가 않아

맴맴 맴도는 마음들
혹여 내게로 올까 마중 나선다

안개 너머 알쏭한 알 수 없음
망설임만 자라나게 부추기고

내게로 오는 아쉬운 네가
네게로 가는 선명하지 않은 내가
이 순간 팔딱거리며 살아 쏟아진다

동백꽃

벌써 일곱 해
파란 하늘이 되어
볼 수도 만질 수도 없는 당신

하루 한순간도
당신 잊은 적 없습니다

당신을 위하여
붉은 꽃 피웁니다

커다란 나무 아래 떨어진
선명한 꽃송이 바라보며
아구야아구 애태우시던 목소리

내 가슴에
무성하게 핀 붉은 꽃
무어라 말씀하실까요

오늘도 나는
당신이 그립습니다

하늘

고개를 들어 하늘을 본다
끝없이 펼쳐진 하늘이다

엄청난 크기의 하늘이
대단한 속도로 들이찬다

아찔한 두 눈 감아버린다
먼먼 다른 경계 세상 너머에서
한꺼번에 쏟아져 내리는 얼굴 얼굴

맑은 하늘에서 우수수
새파란 그리움을 떨어내고 있다

하나둘 그렸던 마음들
이렇게나 한꺼번에 떨어져 내릴 줄이야
질끈 감은 눈 사이로 강물이 흐른다

눈을 뜰 수가 없다

폭발하듯 터져날까 두려워
하얗게 녹아내릴 때까지
힘껏 더 세게 눈을 감아버린다

엄마의 말

"붙들어 매고 싶다"
가을빛 물드는 마루에 앉아
하얀 머리칼 반짝이며 툭 던져놓으시던
엄마의 말 한마디

그때는 알지 못했다

빠르게 흘러간 세월 앞에서
한숨 쉬듯 내뱉어진 그 말속에
지난했던 삶의 순간들 잘 살아내신 엄마
그 순간 오래오래 머물러
함께하고 싶었던 간절함 담겼음을

여덟 형제 잘 키워내고
훈장처럼 얻은 흰머리칼
어느 누구의 칭찬과 위로 아니어도
엄마 스스로 붙들고 싶은 순간 사셨음을
들려오는 엄마 목소리 공명으로 울린다

다시 봄

내게로 다가오는 너
귓볼을 스치는 감촉이
어제와 다르다는 걸

눈길 사로잡는 자리
생각지도 못한 곳곳마다
숨결 피워놓았구나

어쩜 그렇게 변함없을까
구덩이 속 어둠 지나고도
생기 넘치는 모습 그대로일까

온통 가득하게 펼쳐놓은
자비로운 너의 따사로움
그 안에서 나는 오늘을 산다

잃어버린 엄마품 향기 맡는다

이별 선물

이별 선물
화수분 같은 그리움
꺼내고 싶어질 때 마음대로 소환

가슴 애는 사랑
떠나보내고 비로소 선명해진다

이별 슬픔
몇 살이든 커다란 흔적 새기고
몇 살이었든 함께 하는 시간 짧기만 하다

사랑한다고 더 많이 말해줄 것을
함께 더 많은 시간 지낼 것을
사랑하는 사람과
함께 하는 시간은 언제나 충분하지 않다

이별이 남기고 간 선물
함께 하는 동안
살아가는 지금 더 많이 사랑하라 한다

달밤

밤이어도 괜찮다
달이 있어서
어두운 밤일수록
더욱 빛나는 달

그 달은
언제나 발걸음 사로잡고
그리움 퍼올리는 마중물

달을 품어 안은 밤
밤을 빛나게 하는 달

밤이어서 좋다
달에 비치는 마음 풀어
어둠으로 가둬진 그리움
자유로이 날릴 수 있어서

달달 무슨 달
눈코입 희미해진 어머니
기도로 빚은 사랑
어둠에서도 괜찮은 환한 삶이다

죽음, 그는

삶 속에서 그는 짙어져만 갑니다

가보지 않은 삶에서
상상도 못한 일 맞닥뜨리게 하고
예고도 없이 예측할 수도 없게
자꾸만 삶의 자리를 넘봅니다

삶 주위를 서성서성
불청객이 되어 숟가락을 얹고
쉬이 떠나가려 하지 않습니다

누구 하나 반겨주는 이 없어도
어찌나 당당하게 고개를 들고 있는지

모른 척할 수도 없고
떠밀어낼 힘도 없습니다
삶 안으로 들어온 그를 맞아들입니다
질끈 넘쳐 오르는 눈물 삼킵니다

짙어지는 그와 함께 견뎌내는 오늘의 삶
간절한 의미로 삶을 살아가게 합니다

2부

절정을 불태웠던 꽃에게

안녕

나에게로 깊이 새겨진
너에게
용기내어 바짝 다가선다

안녕
언제쯤 아무렇지 않은
목소리로 인사할 수 있을까

아직은 너를 보는 게
힘들어 절레절레 아프기만 하다

퐁퐁 저 깊은 곳에서
울림으로 들려오는 또다른 목소리
간극없는 틈새 비집고 솟아오른다

안녕
손 내밀어줘서 고마워
괜찮아질 때까지 기다릴게

괜찮아

괜찮아
부드럽고 달콤한
휘핑크림 같아

딱딱하게 굳어진
몸속으로 스며들어
편안하게 해 주거든

괜찮아
미래를 두려워하는
너에게 말해주고 싶어

지금까지 애써온 너
내일 속에서도
잘 해낼 수 있을 거야

슬픔아

별과 함께 오는 밤
사랑 속에 슬픔
삶 속에 쓸쓸함

늘 함께 어디든 딱 붙어다니는
별로 닮지 않은
달갑지 않은 단짝

똑똑똑
나의 오늘로 들어오는 슬픔아
못 본 척 질끈 눈을 감는다

하지만
뒤따라 들어오는 행복이 눈부셔
눈감고도 나는 너를 맞을 수 밖에

행복 속에 사는 슬픔아
잠시만 조금만 머물러주렴
아직 행복이 고프고 더 행복하고 싶단다

봄비가

봄비가
짓궂은 봄비가
봄을 헤집어 놓는다

타들어가는 목마름도
옴짝달싹 못하는 어둠도
다 견디었다가

마중나온 봄햇살
따사로운 어루만짐 한방에
와라락 쓰러지듯 안기어
뿜어놓은 가슴의 절규

검은 나뭇가지마다
점점이 꽃잎 피어내었다

막막한 한 잎
기다림 한 잎

두려움 한 잎

꽃잎마다 새긴 가슴
속절없이 무너져 내렸다

봄비가
야속한 봄비가
내 가슴 흩어놓는다

기다림, 그녀는

그녀는
참 신기한 재주를 가지고 있다

바쁜 걸음 멈춰 세우고
언제 어디서나 고개 들어 바라보게 한다

저 멀리 아스라한 산 너머
이제나저제나 보이지 않는 모습
깊게 새겨진 눈 속에서 마주하게 한다

붙잡을 수 없는 바람끝
짐작할 수 없는 하늘가운데
바짝 말라붙은 겨울틈새

그녀는 내 안에서 살고 있다
쫄깃한 생기 돋아나게 하고
텅 빈 곳에 멈춰 세우기도 하며

나는 그녀 안에서 살아간다
언제일지 모르는 사랑을 숨쉬고
혼자로도 찡한 노랫말 흥얼거린다

그녀는
애타는 절규 암흑 같다가도
다시 맞을 아침해를 꿈꾸게 한다

어느 별에서 오는 거니

떨어져내린 가을잎새들
한 장 한 장 주워다가
예쁜 쟁반 위에 담아본다

가을잎새로 붙잡고 있다
나의 안쓰러움

손길을 필요로하는 세상
내 마음 레이다에 꽂친다
여기 살피고 저기도 달려간다

도움되어 연결짓고 있다
나의 살아있음

의지하고 기대고 싶은 내게
다가오는 사람들
어리게만 보인다
어린 부분으로만 느껴진다

보살핌으로 자동회귀하고 있다

세상이 사람이
왜 그렇게만 보일까
왜 그렇게만 보고 있을까

무엇이든 감당해야 할 것 같은
자꾸만 튕겨져 오르는 나의 무의식

도대체 넌 어느 별에서 오는 거니?

몸의 반란

시도 때도 없이
이곳 저곳에서 반란이다

난생 처음 느껴지는 통증
마구마구
신호를 쏘아보낸다

쨍한 해
멀쩡하던 하늘 난데없이
구멍뚫고 쏟아지는 소낙비같다

어디 한 군데
막아낼 수가 없이 젖어버린다

붙잡지 못하는 동동걸음으로
안절부절
딱 풀려버린 맥

더 이상 견딜 수가 없단다
화수분처럼 말없이 내어준 힘
더 이상은
한계점이라고 아우성이다

눈물이 흐른다

어찌 이리 눈물이 날까
누군가 앞에서 눈물을 흘린다는 것은
나도 알 수 없는 이유로
내게는 금기였었나보다

눈물젖은 목소리로 허위가득한 말
불투명한 웃음을 피워내며
대단하다 말해주는 타인들의 말을
꿀꺽꿀꺽 눈물로 삼키었다

털갈귀에 젖은 물
툴툴 털어내는 개처럼
눈물 차올라치면
온몸 경련 일으켜 물리쳤다

태어날 때부터
낙인처럼 새긴 슬픔과 아픔이
꿈틀대며 보내는 신호를

눈감은 채 알지 못했다

무지로 담아낼 수 없는
깊고깊은 속울음
그것이 지금 여기 나를 살게 하는
치열한 사랑이었음을

뜨거운 눈물이 흐른다

행복

눈물이 그렁그렁
맺혀 있는 순간
떨어질 듯 말 듯
아슬아슬하게
눈가에 방울방울

산산히 부서진 한손으로
내 책을 들고
내 이름자를 쓰다듬는다
밥 먹는 것도 마다하고
코끝 닿을만큼 껴안고 있다

세상 어떤 말이 있어
지금 이 순간 내 가슴 진동될까

숨통끊겨 막혀버린 말소리
지금 그보다 더 큰 사랑을 듣는다

미안해

미안해
온몸 사르르르
물결 일렁이는 것 같아

너에게 해바라기하며
듣고 싶었던 말이야

네 입술에서
힘겹게 피어 나온 그 말

너에게 서운하고
속상했던 내 마음
사랑이었음을 깨달아

나도 미안해
그리고 사랑해

가시의 찬란함

꽃만 보고 살았다
화려하게 꽃피는 나를 향해
긴 세월 질주했다

꽃이 피어나는 동안
깊고 깊은 어둠 속에서
살아있게 버텨주었던 뿌리는
생각지도 못했다

날카롭게 날을 세우고
경계하며 밤새웠던 나의 가시는
한 번도 돌보지 않았다

꽃으로 과몰입된 나는
그 무엇도 먼먼 배경 같았다

오히려 흙 속에 더럽혀진 욕망이라
작아진 마음 변덕이라 투덜댔다

꽃만, 꽃으로만 허상 그 꼭대기에 서서
더럽던 욕망의 뿌리가, 독기 오른 가시가
아름다움으로 스며 피어날 수 있었음을

언젠가 한 번쯤 들었음직한 깨달음
어리석게도 몸이 기어이 가닿고서야 알아차린다
꽃잎 물들이며 눈부시게 지나온 순간이 찬란하다

성에꽃

밤늦게까지 열일하며 달리고
따뜻했던 차창에 내린 혹한의 밤

하늘과 땅만큼 먼 거리
가닿을 수 없어
함께 할 수 없어

혼미해진 마음 조각들 위로
영하의 차가운 입김 불어
성에꽃 활짝 피어내었다

허공 중 어디라도
알아차릴 수 없어도

항상 함께 한다
곁으로 있다
하얗게 드러내는 너

성에꽃 사이로
떠오르는 아침해처럼
아파도 놓을 수 없다

상처

의지와 상관없이
피멍든 깊은 상처
의식이 채 생기기도 전 새겨져
상처인 줄도 몰라
치료를 꿈꿔본 적 없다

어느 날은 꼬들하게
잔존하는 것이 고마웠고
어느 날엔 꼼짝없이 주저앉아
숨을 삼켰다
그냥 상처는 나였으니까

내내 말짱하던 파란 하늘에서
느닷없이 쏟아지는 소낙비처럼
흠뻑 헤집어대는 그 무엇
그저 지나는 시간만 헤어려야했다

아프다고 말하지 못했다
아픈 줄도 몰랐다
있는 듯 없는 듯
언제나 나였던 그것이 상처였음을

슬픔

고삐풀린 망아지
경계없이 들판을 뛰어다닌다

두 눈은
어데 두고서
엉켜진 풀과 나무 사이

얼굴을 긁어 헤치며
아픈 줄도 모르고

무엇을 먹었느냐
너의 힘은 어디서 나오느냐
지치지 않는 너의 발자국

마다마다 짓밟혀지는 꽃들
억장 솟구쳐오른다

상처

언제였을까
내가 나이기도 전
깊은 몸으로 새겨진 그리움
돋보기를 쓰고 찾아도
흔적 하나 보지 못했다

때가 되면 차오르는 보름달
그 쯤 이면 기막히게
솟구쳐 오르는 그것
이름으로 부를 수도 없었다

가끔씩 알 수 없는 통증
이유를 모르는 슬픔
예고없이 불쑥불쑥
몸속을 헤집어 소용돌이쳤다

행복, 너에게 고하노니

누군가로 이름 지어진 너를
끊임없이 갈구하며
숨 가쁘게 달렸다

너를 만나기 위해
온밤 온 맘 온 힘을 다해도
한걸음 먼저 달아나던 너

우두커니였다

꺼질 듯 말 듯 불행하나
헤헤거리며 다시 달려들면
털썩 주저앉을 수 밖에

누군가 만들어 놓은
너의 품 안으로 가닿기 위해
뜬눈으로 지새는 밤 중독이었다

큰 소리로 너에게 고한다

너에게로 내딛는 발걸음 거두겠노라
너에게 더이상 뛰어들지 않으리라

너에게로 향해진 이상을 멈추리라
신기루 같은 너에게
돌진하는 나를 불러 멈춰 세우리라

흘러가기

어제의 슬픔이 흘러
다다른 오늘
슬픔에 빠져 허우적거리며
아무것도 보이지 않던
어제의 순간을 되돌아본다

내게로 펼쳐지는
오월 햇볕 같은 환희가
산계곡물 시원한 소리가
저 멀리 들려오는 부엉이 소리가
오늘을 무엇이라 이름 지을까

기쁨 감동 충만
지금 느껴지는 오늘의 감정은
어떤 이름 하나로 담을 수 없다

어제의 슬픔이 흘러 오늘로
오늘의 충만함 앞에 닿은 것처럼

오늘도 흘러 내일의 어떤 순간 되겠지
내일 그곳에 나는
무엇으로 어떤 마음과 맞닿을까

사랑한다

사랑 한 점 남아있지 않다고 느낄 때
형체 없이 흩어진 소리들을 모아
더 큰 소리로 사랑한다 말해본다

지나는 길 어디서든
누구를 만나더라도

내게 손 내밀어 준다면
살짝 아는 척 웃어준다면
자동발사하듯
사랑한다고 말할 수 있게

사랑한다는 말
수없이 반복하며 연습한다

사랑한다고 말하다 보면
다시 사랑을 불러낼 수 있을까 하여

감사

어김없이 들려오는 새소리
아침이 내게 시작되었구나

내게로 떠오르는 아침햇살
오늘도 힘차게 살아있구나

화장하고 옷을 골라 입고
사람들과 웃음을 나누겠지

시를 노래하고 시를 나누고
시로 쓰는 새 생명 짓겠지

너와 나 함께 어울려
우리가 되어 만드는 순간들

우리들의 행복꽃 피우는 내가
고운 영향으로 쓰이고 있구나

가을

가을바람이 솔솔
이보다 더 좋을 순 없고

파란 하늘에 흰 구름
눈부신 상상으로 즐겁고

영글어가는 들판 위에
고운 햇살들이 고맙고

물들어가는 저녁놀
무한정한 그리움 펼쳐집니다

밤 깊어가도록 쉬이
잠들지 못하는 가을, 가을밤

바람사이 되돌리고 싶어지고
아른거리는 기억 간절해지고
고마운 마음들 보고 싶어지고

샘솟아 일렁이는 영혼의 그리움
마냥 그립고 그리워 그리워집니다

3부

스쳐간 하루하루에게

어제 그리고 오늘

산을 오릅니다

숨이 턱까지 차다가도
눈 아래 풍경에서는
가슴 가득 환희 부풀어 오르고
바람 한 자락으로도
달콤하고 시원한 웃음 펼칩니다

끝날 듯 끝나지 않는 오르막
한 번도 가본 적 없는 낯선 길
발걸음마다 오만 생각 들락날락

무리하지 말고 천천히
앞에서 기다려주고
함께 발걸음 맞추는 동행
뒤에서 지켜봐 주고

흘러가는 대로 세월 가는 대로
오르락내리락 마음 부대끼며
오늘도 산을 오릅니다
어울렁더울렁 한고비 또 넘어갑니다

문득 삶으로 거친 숨 들이치면
올랐던 산 정상 지그시

다시 새로운 오늘을 삽니다

가벼움이 낯설다

삶의 무게를 느끼는 순간
나는 내가 너무 가여워
해지는 노을 앞에서 울었다

눈물이 끊이지 않아
어둠 내내 울컥거렸다

빛으로 옷으로 감싸고
어둠 모르게 달려온 긴긴 날
어깨 위에 올려진 짐
내 눈으로는 볼 수 없었다

얼마나 힘드냐 대단하다
밖에서 들려오던 말들은
바람에 부딪치는 소리 같았다
부싯돌 부딪쳐 내는 빛 같았다

십수 년 삶을 지고 걸으며

그의 무게마저 느낄 수 없었다니

하나둘 짐이 내려지는 순간
봄바람 타고 날아오른다
아, 무거웠구나 어깨가

짐의 무게 빠진 공간
가벼움이 낯설다

12월은

너 나 할 것 없이
텅 빈 들판 같은 마음 들어
옷깃 사이로
차가운 바람 맞닥뜨려 세웁니다

너나 가졌던 것들
사라진 자리에서 감사하게 하고
겹겹 옷가지 입어
홀로된 마음 돌보아 품게 합니다

12월은
끝자락에서 나부끼는 허무만큼
잘 지내온 이룸을 돌아보게 하고

12월은
나에게로 느껴지는 추위만큼
너에게로 마음길 열어내게 합니다

눈앞에 펼쳐놓은 텅 빔
가득 채웠던 순간들을 감사하게 하고
진격해 들어오는 한기
너와 나 손잡고 함께 이겨보자 합니다

12월은
극과 극으로 내달린 마음
하나로 불러모아 서로 보듬게 합니다

눈부신 오월

어릴 적에도 한 번 해본 적 없는
떼를 쓰고 싶어집니다

딱히 누구에게 정해진 것도 아닙니다
맞닿는 누구나, 무엇이라도

앞뒤 분간 없이 마구잡이로 그냥
외계어 같은 말로라도 쏟아내고 싶습니다

눈부시게 환한 오월의 파란 하늘 아래
모든 것들이 살아 빛을 내며 청량한데

왜 하필이면 이렇게나 삶이 아름다운 오월
내 사랑을 주검들로 거둬 가서야 했는지요

오월의 신부를 꿈꿨던 가장 사랑한 나의 오월
어찌하여 끝날 수 없는 눈물 곡비가 되게 했나요

11달 내내 햇살을 모으고 꽃길을 따라 걷고
숨 사이마다 웃음자락 펼쳐놓고 살아보아도

가슴 쿨렁 숨 막히는 눈물 차오르면 다시 오월
너무나 눈부신 오월이 아름답게 눈앞입니다

오월이 다가오나 봅니다
날짜보다 먼저 가슴에 멍이 아려옵니다

한라산, 그녀는

얼마나 많은
발자국을 허락했을까
짓밟히고 짓밟히며
살아온 세월은 또 얼마였을까

오방에서 몰려들어
갖은 사연으로 내디뎠을 발자국들
허락되었던 그 위로
오늘의 내 발자국을 조심스레 얹는다

1947m 10시간의 긴 여정
짓밟히며 기꺼이 내어준
그녀 품 안으로 들어가
지상의 삶이 옷을 벗는다

그녀 앞에서
불가능으로 키웠던 숱한 마음들
수제비 떼어내듯 툭툭 던지고

그녀 품에서
경계를 넘어서는 나를 배운다
원천으로 차오르는 생기를 맞는다

구름 한 점으로

목울대 뜨겁게
깊은숨 차오르면
오르막 산길 거칠게 사로잡고
엉덩이 밀어붙인다

코앞 한 치도 뗄 수 없다
거친 나의 숨소리만 한가득
온 산 고요함 풍경으로 달린다

가슴 터지게 부풀어 오르는
0.5초의 멈춤 순간 속으로
파란 하늘 펼친다 눈부신 황홀경

무게 뛰어넘은 영혼 하얗게
구름 한 점으로 안착하여
즐거워지는 가벼움
깃털 없이도 훨훨 날아다닌다

다시 아침

다시 아침이다
빗소리가 열린 창문에서
아침을 깨운다

아직 어둠 가득한데
빗소리로 맞는 아침이다

어둠 너머 비를 타고
아침으로 살아있게 한다

아침을 맞고 있다는 것
다시 아침

그 속에서 오늘의 시동을 건다
기지개를 활짝 펴고서

돌 나물꽃

양지바른 곳 어디나
모든 걸 내려놓은 자리

야트막한 땅에 붙어
연둣빛 반짝 돌 나물꽃

촘촘하게 어깨 걸고
함께 샘솟는 웃음으로
꽉 찬 풍요로움 일궈낸다

겨울 사이로 물들인 연둣빛 잎새
든든한 지원군 업고 노란 별꽃 피운다

어두운 밤 내내 달빛 모아
해님 아래 펼쳐 내보인다

마주할 수 없는 달님과 해님
둘 사이 오작교가 되어
봄 짓는 돌 나물꽃

산, 그곳에 있음으로

그냥 두어라
그곳에 있도록

밤새운 설렘 안고
너에게로 달려갈 테니

눈을 감고 너를 만진다
코끝으로 너를 마신다

오르는 발걸음 위로
흘러내리는 땀방울
네게로 보내는 세레나데

나는 오늘도 너를 부른다
오지 않아도
꿈쩍하지 않아도

그곳에 있음으로
나는 기꺼이 콧노래 부르며
너를 향해 오르려 한다

걱정마라

지나는 발걸음 많은 길가
짓밟혀 말라붙은 민들레

사로잡혀 발길 멈추고
한참을 들여다봐요

씨앗 다 날려보내고
수명 다한 민들레를

봄바람 귓불을 스치며
걱정 마라 걱정 마라

다시 태어날 순간
준비하고 있단다

그 때 다시 눈길
내어달라 하네요

낮을 산다는 것

해야만 하는 일로 가득한
하고 싶은 일 모두 잃은
낮, 내게서 존재 의미는 없다

정해진 시공간에서
저당잡힌 듯 살았던
낮, 그곳에 내가 서 있다

낮을 산다는 것

한 발자국 들여놓고
어색하게 살피고
고개를 갸우뚱하며

알싸한 박하사탕 맛으로
새로운 세상 경험
낮살이의 처음을 연다

산사의 나무

깊은 산골 자리한 산사
돌담 위 홀로 우뚝
파란 하늘 받들고 서 있는
이름 모를 나무 한 그루

동서남북 두루두루 치우침 없이
나뭇가지 사방으로 뻗어내어
부처님 자비로움 펼쳐놓으려는가

사랑으로 한 가족 이룬 새들에게
커다란 둥지 넉넉하게 내어주고
겨울 찬바람 굳건하게 지켜주었다네

돌담 위 홀로 서서
드넓은 하늘 품어안고
재재잘 새 둥지 품어안고

긴긴 세월 속에
평온한 오늘을 더하느라
애써 버텨내고 있구나

가을인 걸요

어둠을 온몸으로
품어안지 못하는 밤
활짝 핀 코스모스

캠퍼스 건물 사이
낮 동안 오갔을 힘찬 발자국
젊음의 이야기와 웃음소리
한 아름 담았다가
바람과 함께 밤을 달랜다

어둠 속에서
밤인 듯 살짝
코스모스 예쁜 토닥임
내 가슴으로 불러 안으며

좀 아프면 어때요
좀 힘들면 어때요

어둠을 온전하게 품지 못한 밤도
사랑이 몸살나게 그리운 나도

어데라도
코스모스 가득한 가을인 걸요

안국사의 제비꽃

안국사 앞자락 자리잡고
나라안녕 발원 담아 세웠을 비석 하나
길고 긴 세월을 품어 안고 서 있다

피고 지고 피고 지고
순간을 영원으로 만들며
함초롬하게 피어난 제비꽃 한 송이

오가는 사람들 발자국 모아
두 손 맞잡은 기도를 품고
아슬아슬 비석 앞을 지켜내고 있다

긴긴 세월 속으로 안국사 사라져
터로만 남은 그곳에서 여전히
나라안녕 발원했던 오랜 마음 이어

오늘을 살아가는 우리들 지켜주고 있다

아침맞이

어김없이 들려오는 새소리
아침이 내게로 시작되었구나

변함없이 떠오르는 아침햇살
오늘도 힘차게 살아있구나

화장을 하고 옷을 골라 입고
함박웃음 전하러 나가보자

시를 노래하고 시를 나누고
시로 쓰는 삶에 물들어보자

너와 나 함께 어울려
우리가 되는 더없는 순간들

우리들의 행복꽃 씨앗 품고
고운 영향으로 사랑 더해보자

누가 뭐래도

수만 개의 단점 있어
여럿의 사람들에게
어쩌고저쩌고
입방아 오르내려도

내게 새겨진
단 하나 너의 마음
그걸로 세상의 말거리는
의미를 잃는다

누가 뭐래도
넌 나에게
소중하고 귀한 사람
단 하나밖에 없는 사람

나와 너 사이
내게로 새겨진
너의 깊은 마음 하나
그걸로 넌 나에게 충분하다

접선 : 비오는 편운 동산

조각구름 한 점 없다
비오는 편운 동산에는

빗방울과 바람 한 자락 입고
사로잡는 초록 빛깔 청량하게
떨어지는 꽃비 하얀 황홀이다

죽어서도 헤어질 수 없는 마음
동산 흩어진 여럿 모자상 위에
죽어 썩어진 육신 사라졌어도
남은 사랑 선명하게 흘러넘친다

빗방울보다 더 많은 시로
살아 내쉰 숨 싱싱하게 팔딱거리고
빗방울 잔뜩 머금은 잎새로
살아있는 우리들의 순간을 일깨워준다

사박사박 분주하게 오갔을 발자국

편운 동산 지키며 자라는 인연의 나무들
아직 남은 생명 하얗게 올리는 꽃바구니

조각구름 한 점 없어도
모든 걸 하나로 흐르게 하는 이 곳

사람이 사람으로 영원을 만들며
보이지 않는 이와 시의 향연 펼친다
비에 젖은 편운동산 어디서 왔을까
하얀 나비 춤사위로 원을 그리고 있다

오롯한 진공

초록 잎새 하나 없이도
진달래 고운 꽃잎들이
봄바람 타고
사라락사라락 콧노래 부른다

오르는 산길마다
울울이 자란 나무들
물오른 봄빛
내 눈을 가득 채운다

산이 사라지고
나무가 사라지고
바람소리가 멎고
오롯한 진공, 진달래꽃만 보인다

손끝에서 머리끝으로
순식간에 타고 흐르는
하얀 환타지 사랑 세포 일깨워
일제히 덩실덩실 춤사위 풀어낸다

봄밤

봄밤 환하게
피어나는 목련
하얀 빛깔이 어둠 앞에서
눈부신 조명을 단다

하얀 목련
어둠 뒤에서 배경으로
본래보다 훨씬 밝게
봄밤의 주인공이게 한다

하얀 목련꽃으로
탄성 받으며 으쓱해도 좋겠고
어둠처럼 누군가의 배경으로도
괜찮겠구나 싶은 봄밤 마음이어라

4부

다시 나에게로

별

밤하늘 어둠 같은 마음으로
살아갈 수 있는 이유
별을 바라볼 수 있음이었다

손에 닿을 수 없는 먼 거리
그 반짝임에 한 점 희망 품고
살아낼 수 있었다

별을 바라보며
사막 같은 삶에도 단물 흐르는
오아시스의 존재를 믿었고

맞닿고 싶지 않은
어둠 한가운데
그 속에서도 숨 쉴 수 있었다

별을 동경한 윤동주를
별을 사랑한 고흐를

사랑하는 저녁별의 노래를 불렀다

밤하늘을 반짝이는 별
절벽 같은 어둠 위에 무시로 서서
별빛남을 돋보이게 하는 어둠을 보았다

결코 선택하지 않았던 어둠 속에서
나만의 별이 반짝이고 있었다

해바라기

하늘 가장 가까이
이보다 더 도도한 꽃 있을까

빳빳하게 고개 들고
큰 키 더 크게 발돋움한다

태양을 연모하는 이글대는 가슴
당신 없이는 황량하기만 했을 거친 들판에
아예 모습마저 닮은꼴로
풍성한 인내의 열매 여물게 한다

꽃 중에 꽃 해바라기는
파란 하늘 영험한 기운을 모아
더 높게 더 멀리 더 도도해지고
세상풍파 비껴갈 기름진 길 인도해준다

한창 여름 햇볕 아래 흐드러진
노란 해바라기꽃 속으로 푹 파묻혀

땅 꺼질 듯 아찔한 오늘을 붙잡는다
파란 하늘에게로 선명한 길 따라 걷는다

물방울시

언제 이런 나이가 되었나
더금더금 나도 몰랐다

보이지 않는 시간들이
보이지 않는 마음을 키우고

보이지 않게 자란 마음은
물방울만큼 새겨진 상처에
기대어 살아가는 법을 일러 주었다

무거워 헐떡이던 어제가
더더 찬란을 꿈꾸는 내일이
선물처럼 펼쳐지는 오늘 앞에 침묵이다

달이 비치는 물방울
어둠으로 빛나는 찰나
어제가 되어가는 오늘을 눈부시게
내일이 찬란하게 오늘을 껴안는다

바람 사이

솔숲으로 난 길을 걷는다
한 무리의 바람이 따라 들어온다
솔숲으로 일렁이는 짙은 향기
바람 소리 나풀나풀 춤을 춘다

가슴 사이로 바람길 열린다
콧구멍으로 바람이 스며든다
가슴에 점점이 피어나는 연둣빛 생기
바람으로 헤집어진 가슴이 두둥 거린다

솔숲으로 불어드는 바람이
가슴으로 파고드는 바람이
살아있는 지금을 일으켜 세운다

낙화

떨어져서도
고운 꽃잎

한순간도
붙잡을 수 없음을

살아있는 지금이
너무도
소중하다는 걸

떨어진 채로
발길 붙잡는

눈 깜짝할 사이
떨어져 버린 꽃잎

너에게서 나는
살아갈
이유를 다잡는다

나를 만든 지난 날

궁금해졌다
앞만 보고 살아온 삶이

하향곡선으로 접어드는
삶의 꼭대기에 다다라서야
숨 한번 쉬지 않고 달려온
까마득한 뒤를 돌아볼 수 있었다

발등으로 떨어진 일들을 헤치고
무거운 발자국 떼어가며 걸었다

어떻게든 걸어야만 했고
걷는 것만이 유일한 길이었다

가파른지도 모르고
무거운지도 몰랐다
어두운 밤 뙤약볕 가리지 않고
쉼 없는 걷기를 멈출 수 없었다

삶의 정수리로 펼쳐지는 내리막길
가파른 그 길로 내달려오는
어디선가 많이 본 듯 익숙한 얼굴

나를 만든 지난 날들이
들릴 듯 말 듯 목소리를 모아 속삭인다

참 많이 애썼다
잘 견뎌줘서 고맙다

점 하나

하나의 점
어디
잘 띄지도 않고

점하나
무슨 힘 있을까
의문스럽기도 하다

하나의 점에서
발길 내딛는 대로
점점이 이어가면
무엇이 될까
아직 알 수 없음

분명한 건
우리가 사는 우주도
한 점이었고
그 속에서 살아가는 우리도

한 점이라는 것

너의 한 점
나의 한 점
함께 하는 우리가
오늘을 만들어간다는 것

영원 속에
한 점이다

오늘을 사는 이유

지금 알고 있는 걸
그때는 알 수 없었다

그래서 무모했고
거침없이 살아낼 수 있었다

지금 알고 있는 걸
만약 그때 알았더라면

어쩌면 많은 부분
살아낼 수 없었을지도 모른다

알 수 없어서
그때는 넘어지는 실수를
안타까운 후회를 만들어냈다

지금 알고 있는 걸
그때는 알 수 없어

뒤범벅 된 모습 그대로
오늘의 길을 걸어가고 있다

뱉어낸 숨소리 모여
지금의 내가 되었고
볼 수 없는 알 수 없음이
얼마나 다행한 일이었는지

오늘살이로 충분한 이유다

선넘기

올려다본다
먼먼 하늘은 다채로운 세상

시간을 흐르고
하늘로 향해가는 오늘은
지나가야만 하는 문 앞이다

아직 채워지지 않은 부끄러움
문 앞에서 망설임이 되고
더 잘해내고 싶은 욕심들
스스로를 옥죄는 탓을 만든다

잘한다 잘하고 있다는 말
으쓱해지는 칭찬의 숲속을 걸으며
부족함이 들킬만한 순간
부끄러움은 꿀꺽 삼켜 눈 감았다

먼먼 세상 나의 세상 너머로

올려다본다

눈길이 쏠리고 발길 이끌리고
한참의 세월 지내고
다시 서있는 문 앞

먼저 지나간 얼굴들
스쳐 지나가는 걸음들
문앞에서 안절부절
되돌아갈 핑계를 찾고 있다

하늘에서 사라락 내리는 빛
함께 지나가자 다독거린다
빛으로 그려지는 가느다란 길
한 발 내밀어 딛는다

처음 세상으로 선넘기

비에게

비가 와요
하루 이틀 긴긴 날들
오늘이 며칠 째인지
셀 수도 없네요

똑같은 하늘 아래
순간이동하는 것처럼

어디는 물 폭탄으로
어디는 해님 반짝임으로
방향도 알 수 없게
여기저기 쏘다니며

비가 와요
비 오는 날이면 출렁이던 마음
이제는 어째야 하는지
알 수가 없어요

삶과 죽음을 넘나드는 사람들
무너져가는 삶의 터전들

비가 온다고 좋아할 수 없어요
비를 기다린다고 말할 수 없어요
사랑의 온 마음담아 토닥토닥
이제 그만 비에게로 보내요

아침, 그녀는

그녀가
변함없이 내게로 와있다
밤사이
어둠을 지나 함초롬히

그녀가
펼쳐놓은 오늘이 사라락
삶의 길
깊은숨 내쉬며 걷는다

아무런
바람도 대가도 원하지 않고
언제나
내게로 와주고 있는 그녀

한결같음에 무심한
당연함으로 묻어버린
그녀가

묵직한 안개 앞세워 서 있다

서운하다 큰 소리 한번 없이
야속하다 이유 묻지도 않은
그녀는
늘 눈앞에 묵묵하게 서 있다

켜켜이 쌓은 세월 뒤늦게야
그녀가 있어서
그녀를 볼 수 있어서
그녀와 함께라서

마침내 그녀의 품 안에 평온을 맞는다

봄꿈

봄이 왔다가 갔다
한 밤 꿈을 꾼 것처럼
봄은 그렇게 흘러갔다

겨우내기다리고 견뎌왔던 시간
폭발한 듯 한꺼번에 꽃으로
정신 차릴 사이도 없이

봄꽃으로 피어날 거라
기대하며 견딘 나의 사랑
무심하게 흘러가 버렸다

봄이 오는가 했더니
그냥 떠나버렸다
떠나가는 모습 바라보았다

얼마나 간절했는지
한 마디 말도 못 하고

텅 빈 봄, 흩어진 온기 모으며

봄꿈
그냥
바라보며 안는다

씨앗 속에는

울퉁불퉁 씨앗
그 속에는
손톱보다 작은 봄까치꽃
설레는 봄꿈꾸고요

거뭇거뭇 씨앗
그 속에는
해님처럼 피는 해바라기
금빛 여름 물들이고요

새털 같은 씨앗
그 속에는
님 그리워 애달픈 코스모스
파란 하늘 날려 하고요

우수수수 떨어뜨려진
천지사방의 작은 씨앗들
보이지도 않지만

하얀 눈꽃 이불 속에서
불끈 지구를 들어 올리는
생명의 힘으로 꿈틀거려요

씨앗 속에는
기억과 희망 그 사이
삶으로 흘러가는 내가 있지요

숫자 1에게 숫자 9가

처음이야
첫째라구
내가 일등이지

숫자 1은
언제 어디서나 으쓱
자랑스럽다

멀리서
숫자 1의 모습을 구경하던
9가 말했다

어이, 숫자 1
맨 앞에서 일하느라 수고가 많네
애쓰는 자네가 안쓰럽기도 하네

가끔은
다른 숫자들 모습을

멀리서 구경하는 것도 괜찮은데

처음, 첫째, 일등 자리 내려놓고
여기 나와 함께
바라보며 느긋해짐은 어떤가

신의 한 수

어제로
흘러간 물
죽어버린 너
가 닿을 수 없다

내일로
바위품은 물
태어나지 않은 너
누군지 알 수 없다

날마다 얼굴 맞대며
숨결 일렁이는 오늘
나 여기 살아 있다

어제와 내일 그 사이
되돌아갈 수 없음의 나와
희망안고 부대끼는 나

흔들리는 부표 위에서
균형잡기 신공 발휘 중

영혼의 흐름

경계가 없다
막힘이 없다
영혼이 흘러가는 대로
순간순간 내키는 대로
즐거움의 깃대를 들고
행복의 끌림을 향해
사랑을 채워 나간다

두서없어 보이는 행동들
이유없어 보이는 선택들
의아해하고 답답해하는 시선을 뒤로
몸으로 영혼으로 흘러감을 따라
거기를 가야 하는 지금
누군가를 만나야 하는 이유
그곳에 그들과 함께 하는 나
있음의 나로 삶에 사랑을 채운다

돌아가는 길이라도

무모한 만남이어도
거기 있음, 함께 했으므로
기꺼이 내 삶에 빛나는 순간
나는 행복이었고 사랑이었을 것이다

잠, 그 세상

잠을 잔다
눈을 감는다

어쩌다 한 번
잠깐 들러가는 그 세상
성에꽃 머금은 희뿌연 창밖
돌팔매 세차게 던져진 물 속

눈뜸과 함께 사라져
알 수 없음의 느낌만 남긴다
고개 두어번 휘휘 저어
느낌들 털어내보려 한다

잊히지 않는 느낌들
지워지지 않은 이미지들
배꼽 아래 찌리함으로
텅 빈 머리 하얗게 한다

삶의 세상으로는 도저히
알 수 없는 그 세상

점점 가까이 자주 다가가고 있다
보이지 않는 길 오고 가고 있다

잠, 또 다른 그 세상
내 사랑 만나러 간다

맘에 들어

맘에 들어
큰 소리로 활짝 웃는 내가

맘에 들어
재미있게 이야기를 하는 내가

맘에 들어
기쁘게 일하며 걷는 내가

나는 내가 맘에 쏙 들어
사랑하는 사람이 많은 내가

시를 쓰는 이유

언제였을까 내가 나이기도 전
깊은 몸 안에 새겨진 어떤 것
돋보기를 쓰고 찾아 헤매도
부스러기 흔적 하나 보이지 않다가

때가 되면 차오르는 보름달처럼
그쯤 기막히게 솟구쳐 오르는 그것
선명하게 부를 이름조차 몰랐다

큰 파도에 사로잡힌 작은 배
옴짝달싹 오도가도 못하는 순간

그늘마다 부딪쳐 얻은 단단한 살갗

마침표를 찍다

태어나면서부터 매겨졌던
뗄 수 없는 중력의 무게는
점점 정도를 더해가는
거대한 무거움이 되었다

서서히 가열되어가는
뜨거운 물 속에서
천하태평하던 개구리처럼
무겁다 알아채지 못했다

삶이 짓누르는 중력으로
무거워지고 있었다는 것을

어깨를 누르고 발목을 붙잡던
짐 모서리가 무너져 내렸다

팽팽하던 실타래

툭 끊어져 튕겨나가 듯

입속에서 깊이를 모르는
한숨이 터져 나왔다

바람타고 나는 발걸음
힘잃은 중력을 너머 날아오른다

평론

김선순 시에 나타난
나와 너에 대한 이미지

김명수(시인, 효학박사, 충남문협회장)

1. 아파도 견뎌야 하는 삶의 철학

김선순 시인에게 시란 무엇인가? 김 시인에겐 무슨 일이
있었을까 생각해봤다. 시의 대부분이 나와 너로 시작되는 제
목이 <안부>라는 시집으로 왔다. 원고를 읽으면서 나와 너
는 서로가 안부를 주고받는 관계였을까 생각해봤다. 시인은
머리글 끝에 안부를 묻는다. 떠나간 사람에게, 절정을 불태웠
던 수많은 꽃에게. 여기서 전자는 이미 사람이라는 것이고 작
품의 끝은 또 하나는 진짜 꽃인지도 모른다. 그러나 시인에게

두 가지 모두 아파도 견뎌야 하는 것임에는 틀림없을 것이다. 대체로 김선순의 시에 나타난 나와 너의 이야기는 많은 시간 내가 너에게 투자를 했고 사랑을 했고 아낌없는 마음을 주면서 지냈고 너 역시 나에게 많은 사랑을 주었고 주려고 했고 그래서 위로가 되는 나날을 살았다는 것이다. 이러한 시는 독특한 독자층을 형성하게 되고 사람에 대한 호불호가 자연스럽게 나타날 수 있는 요인이 생긴다. 그러나 이것은 단순한 것이 아니기 때문에 이 시집을 통해 너와 내가 가진 이미지의 실상과 그 속에 들어 있는 의미를 살펴봄으로써 김 시인이 가진 시에 대한 정신세계를 탐미해보기로 한다.

김선순 시인은 나, 너에 대해 비교적 단순한 주제를 가지고 그 속에 담긴 크고 넓고 깊게 포괄적인 의미를 부여하며 시를 써 내려갔다. 그건 어쩌면 고통이었을 것이다. 골똘히 깊게 생각하지 않으면 나오지 못하는 것도 있었을 거고 세상에 내놓지 않아야 할 것도 부득이 내놓을 수밖에 없었을 것이다. 김 시인이 언어라는 매개체를 이용하여 자신의 몸에 수혈을 하고 몸에 있는 피를 돌게 하여 자신이 살아있음을 보여주고 있다. 나, 너를 주제로 하는 이 시집은 그 무엇보다 자신의 아픈 마음을 치료하는 치료제 역할도 한다. 언어라는 매체를 이용하여 문학의 세계로 들어가면서 그중에서도 시의 깃발을 들고 나아가는 김시인에게 박수를 보낸다.

너의 살고자 애씀의 순간에
토닥토닥 따뜻한 손길이 되어줄게

너의 무거운 책임감의 순간에
두 팔 벌려 포근하게 안아줄게

너의 깊은 외로움 순간에
발맞춰 걷는 걸음이 되어줄게

견디며 겪어내며 살아온 너의 순간
기댈일 수 있는 어깨가 되어줄게

사랑의 힘으로, 살아있는 이 순간
너에게 너에게 기쁨이 되어줄게

—「너에게」 전문

　김 시인이 차분한 마음으로 자리에 돌아와 조용히 말한다. 너에게 '따뜻한 손길, 포근히 안아줄게, 발을 맞춰 주고, 어깨가 되어주고, 기쁨이 되어줄게' 하고 다짐한다. 김 시인은 한마디로 따뜻한 시인이다. 어려운 상황에 놓여있을 때 발맞춰 주고 어깨가 되어준다는데 더 이상 무엇을 기대하나. 같은 길을 가는데 동행해 주고 힘들면 김 시인이 스스로 시에게 다짐하는 것처럼 진솔한 경우는 흔치 않다. 적어도 시에서는 영혼을 불어넣는 것이기에 너라는 대상에 대해서 아기처럼 토닥

여 주고 안아준다. 너는 때로는 외롭고 고독한 존재이기에 함께 걷고 어깨를 내어준다. 적어도 너는 나에게 사랑의 힘을 주었기에 나도 기쁨을 듬뿍 주고 싶은 것이다. 여기서 너는 애인이고 아기이고 엄마이고 친구이다. 적어도 김 시인은 세상 모든 사람에게 따듯해지고 싶은 것이다. 우리 사회가 김시인 같다면 더 이상 무엇을 바라고 무엇을 기대할 것인가. 한 편의 시를 가지고 마음을 치유하는 아름다운 시이다.

①
네가 좋아하던 봄이다
꽃들이 만발하고 있다
(중략)
산 너머 하늘과 하얀 구름
하루 종일 언제나 바라보는 것 아닌데
그네들은 올려다볼 때마다 함께더라

꽃다지 빛깔로, 냉이꽃 한들거림으로
걸어도 뛰어도 꼭 붙어 함께인 너

봄날 풍경으로 난 들길
혼자서 걷는다 둘이 되어 걷는다

― 「봄길을 걷다」 부분

②
어젯밤 산책 나갔다가
인동꽃 핀 것을 보았어

인동덩굴 사이로 하얗게 노랗게
하늘 날아오를 듯 피어 있더라

하얀색 꽃잎이 시간 지나면
노란색 꽃잎으로 변해간다고
언젠가 말해준 너의 목소리가 들려와

겨울 동안 시든 잎새 떨구지 않고
겨울을 잘 참고 이겨낸다고 인동이랬나
어쨌든 잘 참는다고 그래서 좋다고

참아야 했던 것들이 뭐였을까
왜 그렇게 참아야 했을까
인동꽃에서 너를 향한 그리움이 요란하다

향긋한 꽃내음 그 향기 따라
내게로 이미 와있을 내 동생아

— 「인동꽃」 전문

시인이 살고 있는 곳에 봄이 왔다. 시인은 그 봄 속에서 냉
이와 꽃다지 그리고 수선화를 만난다. 그 작은 꽃들은 시인의

마음을 즐겁게 한다. 봄이 오면서 제일 먼저 찾아 준 꽃이기도 하고 시인이 좋아하는 꽃이기도 하기 때문이다. 기다림의 끝은 이렇게 아름다운 거다. 추운 겨울, 암울한 시간을 보낸 후에 맞는 이런 기쁨은 기다려본 사람들만이 알고 느낄 수 있는 거다. 산 너머 하늘과 구름이 똑같이 다니는 것처럼 냉이와 꽃다지가 함께 붙어 다닌다. 봄날에 보는 아름다운 풍경들의 하나다. 이런 현상은 자연 속에서만 느낄 수 있는 유일무이한 것이다. 김시인은 여성이기 이전에 섬세한 관찰력과 작은 것이라고 그냥 흘려보내는 것이 아닌 자세히 보고 아름답게 보고 멋있게 예쁘게 보려고 애쓴다. 올려다볼 때마다 함께, 걸어도 뛰어도 함께 붙어 다니는 그걸 좋아하는 시인은 작은 것에서 행복을 찾으려고 한다. '올려다볼 때마다 함께더라. 걸어도 뛰어도 꼭 함께 붙어 다니는 너에서' 보듯 김시인이 「봄길을 걷다」를 통하여 자세히 관찰하면서 이미지를 확대하고 심화시키려고 노력하고 있다.

②는 김시인은 인동꽃을 통해 인간이 참고 견디고 그러다 보면 아름다운 새날도 볼 수 있으리란 것을 예시해 주고 있다. 인동꽃은 추운 겨울을 용케 견뎌내고 푸른 하늘을 향해 하얀 꽃잎을 예쁘게 피워내는 아름다운 꽃처럼 참고 견디는 가운데 예쁜 꽃을 피울 수 있다는 것을 암시해 주고 있다. 인생을 살다 보면 참아야 할 것들이 너무나 많다. 그 참고 견디

다 보면 또 좋은 날도 오는 것이 사람 사는 세상이기에 시인
은 참아야 하는 것에 방점을 둔다. '향긋한 꽃내음 그 향기 따
라/내게로 이미 와있을' 이 모든 것들은 참았기 때문에 가능
한 것이다.

2. 동백꽃 아름다운 사람아

벌써 일곱 해
파란 하늘이 되어
볼 수도 만질 수도 없는 당신

하루 한순간도
당신 잊은 적 없습니다

당신을 위하여
붉은 꽃 피웁니다

커다란 나무 아래 떨어진
선명한 꽃송이 바라보며
아구야아구 애태우시던 목소리

내 가슴에
무성하게 핀 붉은 꽃
무어라 말씀하실까요

오늘도 나는
당신이 그립습니다

ㅡ「동백꽃」 전문

동백나무 숲에 당신이 보인다. 지금은 볼 수도 만질 수도 없다. 하루 한순간도 당신을 잊은 적이 없다 그러네. '당신을 위하여 붉은 꽃 피웁니다' 하고 동백나무 동백꽃 속에 그 당신을 그려 넣었다. 누구나 보고 싶고 사랑하는 사람은 내가 보고 싶은 곳에 내가 좋아하는 곳에 그 사람의 모습을 그 사람의 얼굴을 모셔 놓는다. 김 시인은 바로 그 당신을 동백꽃 그 속에 얼굴을 그려 넣고 본다. 바로 동백꽃의 이미지에 그 사람이 있는 것이라고 할까. 김 시인의 정신세계는 아직도 그 사람의 환영에서 벗어나지 못하고 있는 것이다. 그 사람은 시 시때때로 동백꽃으로 망초꽃으로 꽃다지로 김 시인의 앞에 나타나기 때문이다.

이 시집 속에서는 김시인이 여성이기에 여성들이 좋아하는 꽃에서 시가 함께 있다는 냄새가 풍긴다. 꽃이 주는 의미는 예쁘고 사랑스럽기도 하지만 항상 봐주어야 하고 항상 잘 가꾸어야 하고 항상 관심을 갖고 살펴봐 주어야 하는 어려움도 있다. 이 작품도 마찬가지도. 한순간 잠깐 쓰는 것으로 끝이 나는 것이 아니고 읽고 살피고 전후 맥락을 살펴봐야 하고 여기에서 너라는 이미지, 동백꽃이 주는 이미지가 무엇인지를 알고 접목시켜야 할 것이다.

　　"붙들어 매고 싶다"
　　가을빛 물드는 마루에 앉아
　　하얀 머리칼 반짝이며 툭 던져 놓으시던
　　엄마의 말 한마디

　　그때는 알지 못했다

　　빠르게 흘러간 세월 앞에서
　　한숨 쉬듯 내뱉어진 그 말속에
　　지난했던 삶의 순간들 잘 살아내신 엄마
　　그 순간 오래오래 머물러
　　함께하고 싶었던 간절함 담겼음을

　　여덟 형제 잘 키워내고
　　훈장처럼 얻은 흰 머리칼
　　어느 누구의 칭찬과 위로 아니어도
　　엄마 스스로 붙들고 싶은 순간 사셨음을
　　들려오는 엄마 목소리 공명으로 울린다
　　　　　　　　　　　　　　　　　─「엄마의 말」 전문

　"붙들어 매고 싶다" 엄마는 늘 그렇다. 가는 세월 앞에 엄마는 너무 무력하다. 그러기에 물리적으로라도 붙들어 매고 싶은 것이다. 그렇다고 세월이 안가고 멈춰 서는 것은 아니지만 지난 세월 생각하면 정신없이 살아온 시간들이 너무 아깝고 또 아까운 것이다. 그래서 엄마는 잠깐이라도 이 순간만이라도 붙들어 매 놓고 싶은 심정인 것이다. '하얀 머리칼 반짝이며 툭 던져 놓으시던 /엄마의 말 한마디' 그 한마디가 나오신 것이다. 지난 세월을 생각하니 너무 억울해서, 아이들 키우고 가르치고, 먹고 살려고 아등바등했던 시간이었다. 그리고 잠시 마루에 앉아 푸른 하늘 흰 구름을 보니 그 푸른 하늘에 지난 세월이 그려지는 것이다. 난 어느새 백발이 휘날리고 그게 인생인 것이다. '여덟 형제 잘 키워내고 훈장처럼 얻은 흰 머리칼' 그렇다. 여덟 형제를 키워내느라고 엄마가 얼마나 고생했을지 생각만 해도 눈물이 난다. 요즈음은 하나도 어렵다고 나지 않는 데 여덟이나 낳아서 이렇게 키우고 가르쳤으니 얼마나 힘들었을까? '누구의 칭찬과 위로가 아니어도/엄마 스스로 붙들고 싶은 순간'이 얼마나 가슴 아픈 일인가. 엄마의 일생, 아니 여자의 일생은 이렇게 기구하고 힘들었던 것이 우리 민족의 지난 역사이고 현실이었다. 그 엄마 목소리가 지금은 공명으로 울리고 나 아닌 다른 많은 사람에게도 심금을 울리고 있는 것이다. 그래서 말했던가. 엄마는 강하다고. 엄마라는 이미지 속에 녹아드는 시간과 아픔과 힘든 순간들을 승화시키기 위한 시인의 노력이 돋보인다.

①
내게로 다가오는 너
귓불을 스치는 감촉이
어제와 다르다는 걸

눈길 사로잡는 자리
생각지도 못한 곳곳마다
숨결 피워 놓았구나

어쩜 그렇게 변함없을까
구덩이 속 어둠 지나고도
생기 넘치는 모습 그대로일까

온통 가득하게 펼쳐놓은
자비로운 너의 따사로움
그 안에서 나는 오늘을 산다

잃어버린 엄마품 향기 맡는다

— 「다시 봄」 전문

②
봄비가
짓궂은 봄비가
봄을 헤집어 놓는다

타들어 가는 목마름도

옴짝달싹 못하는 어둠도
다 건디었다가

마중나온 봄햇살
따사로운 어루만짐 한방에
와라락 쓰러지듯 안기어
뿜어놓은 가슴의 절규

검은 나뭇가지마다
점점이 꽃잎 피어내었다
(이하 생략)

— 「봄비가」 부분

①의 시의 경우 다시 봄을 맞은 순간을 말한다. 봄은 분명 지난해에도 왔었다. 그런데 올해 아니 오늘 봄이 다시 왔다. 변함없이 왔다. '자비로운 너의 따사로움' 그래 봄이 특징은 따사로움이다. 그래서 만물이 생동한다. 구덩이 속에서도 생기 넘치는 하루가 시작된다. 봄이 주는 이미지는 새로 시작하는 것이다. 힘찬 출발이다. 무엇이든지 희망이 있는 거다. 그래서 많은 사람들은 봄을 기다리고 봄을 찾고 봄을 사랑하는지도 모른다. 봄이야말로 인간이 처음 발자국을 뛰는 역할을 보듬어 준다. 야! 봄이다. 우리 다 같이 가자. 다 같이 나가자. 자비를 베푸는 따사로움 속에 새로움을 찾아 떠나자. 그래야

우리가 산다. 글을 쓰는 것도 봄처럼 희망 있게 새로운 주제로 새롭게 창출해 내는 힘을 발휘해야 할 것이다.

②의 봄비를 보면 '봄을 헤집어 놓는다'라고 했다. 맞는 말이다. 봄비가 내린 후 땅을 보면 누가 어떤 동물이 헤집은 것처럼 들쑤셔 있는 것을 발견한다. 봄비가 내렸으니, 땅속의 씨가 발아해서 새싹을 틔우는 일이다. 그런가 하면 지상에 있는 나무나 씨앗들도 새순을 틔려고 안간힘을 쓴다. 그러니까 땅은 파헤쳐지는 것 같고 대신에 땅은 생동감이 넘친다. 그래서 '나뭇가지마다/점점이 꽃잎 피어내었다' 봄비를 맞은 나무나 땅 모두 새순을 틔우려고 안간힘을 쓰는 것이다. 그리고 봄비는 아직도 잠자고 있는 무리들을 깨우려고 소리를 낸다. 양철지붕 위에서, 호박잎 위에서, 낙숫물 떨어지는 소리 등 오늘의 일기예보를 볼 수 있는 다양한 일들이 벌어지고 있는 것이다. 계절 속의 봄은 자연 발화적인 것이다. 아름답고 성스러운 계절이다. 모든 것들이 처음으로 이루어지는 계절이기 때문이다. 봄 속에는 공생관계가 자연스럽게 이루어진다. 봄비가 내려서 봄 햇살이 다가와 봄비와 새싹과 봄 햇살과 봄에 잠을 깨는 짐승과 벌레들이 함께 사는 세상을 맞는 것이다. 그들은 서로 공생하면서 화해하고 함께 간다. 봄이 주는 의미는 새롭게 시작하되 함께 한다는 것이다. 시인은 봄을 앞세워 함께 하는 세상을 만들어 갈 것을 말하고 있는 것이다.

3. 낯선 시간에 찾아온 나의 시(詩)

삶의 무게를 느끼는 순간
나는 내가 너무 가여워
해지는 노을 앞에서 울었다

눈물이 끊이지 않아
어둠 내내 울컥거렸다

빛으로 옷으로 감싸고
어둠 모르게 달려온 긴긴날
어깨 위에 올려진 짐
내 눈으로는 볼 수 없었다

얼마나 힘드냐 대단하다
밖에서 들려오던 말들은
바람에 부딪히는 소리 같았다
부싯돌 부딪쳐 내는 빛 같았다

십수 년 삶을 지고 걸으며
그의 무게마저 느낄 수 없었다니

하나둘 짐이 내려지는 순간
봄바람 타고 날아오른다
아, 무거웠구나

어깨가

짐의 무게 빠진 공간
가벼움이 낯설다

―「가벼움이 낯설다」 전문

　김 시인은 살아가면서 삶의 무게를 느끼며 사는 것 같다. '삶의 무게를 느끼는 순간/나는 내가 너무 가벼워'라고 시를 시작했다. 에릭 프롬의 참을 수 없는 가벼움이란 말이 있다. 얼마나 가벼우면 참을 수 없을 정도일까. 이건 단지 무게만을 말하는 것은 아니다. 참을 수 없는 가벼움, 그래서 무거운 걸까? 아니다. 그렇다고 무거운 것은 아니란 거다. 우리가 삶의 법칙에서도 여러 가지 일들이 버거우면 삶의 무게가 무겁다고 한다. 그만큼 가볍고 무거움의 차이는 삶에 있어 기분을 좌우한다. 기분이 좋으면 그만큼 일의 능률도 오르고 효과도 좋다. 그러나 일이 꼬이고 나쁘면 일에 대한 결과도 나쁘고 안좋다. '해지는 노을 앞에서 울었다' 왜 하필이면 해지는 노을 앞에서 울었을까? 너무 아름다워서? 인생이 노을처럼 가니까? 그럴 수도 있지만 그건 아니다. 내 인생이니까. 내 것을 다 소비해서 다시 잡을 수가 없어서 무언가 모두 잃어버린 것 같아서 하루를 마감하는 저 노을처럼 우리 인생도 아름답게 끝나길 김시인은 바라고 있는 것이다. 아니, 모든 사람이 그

럴지도 모른다. 인생의 끝을 아름다움으로 표현하는 것처럼 또 아름다운 일이 있을까? 필자도 수년 전 그렇게 생각했다. 가장 아름다운 노을을 볼 수 있는 날 우리 함께 노을 속으로 가요.. '하나둘 짐이 내려지는 순간/봄바람 타고 날아오른다/ 아, 무거웠구나 어깨가'에서 보듯 우린 그간 어깨가 무거운 삶을 살아온 것이다. 이제 조금씩 내려놓고 조용히 삶의 무게를 느끼면서 살아야 하지 않을까.

양지바른 곳 어디나
모든 걸 내려놓은 자리

야트막한 땅에 붙어
연둣빛 반짝 돌나물꽃

촘촘하게 어깨 걸고
함께 샘솟는 웃음으로
꽉 찬 풍요로움 일궈낸다

겨울 사이로 물들인 연둣빛 잎새
든든한 지원군 업고 노란 별꽃 피운다

어두운 밤 내내 달빛 모아
해님 아래 펼쳐 내보인다

마주할 수 없는 달님과 해님
둘 사이 오작교가 되어
봄 짓는 돌나물꽃-

— 「돌 나물꽃」 전문

　이 시는 가장 연약한 듯한 집 울타리 근처, 화단 근처, 장독대 근처 등에 어김없이 돌나물이 자란다. 단 돌나물은 예쁜 햇살을 좋아한다. 나물이 싱싱하게 쌩쌩하게 살아가는 모습을 그린 시이다. '양지바른 곳 어디나/ 모든 걸 내려놓는 자리' 그렇다. 돌나물은 양지바른 곳이면 어디든지 자란다. 촘촘하게 어깨 걸고 다복하게 솟아오른다. 연둣빛 몸뚱어리에 노랗고 연약한 꽃을 피운다. '마주할 수 없는 달님과 해님/둘 사이 오작교가 되어/봄 짓는 돌나물꽃' 그렇다 이 돌나물꽃은 참 생명력이 길다. 대단하다. 웬만하면 다 사는데 물이 부족하면 끝이다. 그래서 습기가 있는 양지쪽이면 최고의 명당이다. 돌나물은 청정 자연을 더 좋아한다. 돌나물이 나는 곳은 청정지역이라 해도 나무랄 데가 없다. 그만큼 깨끗한 곳에서 산다는 거다. 그럼, 누가 남아서 돌나물이 자라는 곳을 치우고 닦을까. 돌나물은 여유가 있다. 다 죽는 듯하면서도 돌나물은 살아난다. 물만 있으면 어디든 살아갈 수 있는 식물이다. '겨울 사이로 물들인 연둣빛 잎새/든든한 지원군 업고 노란 별을 띄운다.' 김시인의 시적 표현이 참 아름다운 곳이다. 특히 '겨울

사이로 물들인 연둣빛 잎새'라는 표현은 이 시의 백미를 이룬
다. 겨울 사이로 물들인 이란 구절이 너무 좋다. 시는 이런 아
름다운 표현들이 많아야 한다. 물론 메시지도 담고 있어야지
만 시어가 이쁘고 아름다워야 함은 물론이다. 달님과 해님 사
이의 오작교를 돌나물이 만든다. 돌나물의 위대한 힘이 아닐
수 없다. 이러한 시의 이미지는 표면적으로만 나타나는 것이
아닌 시의 내면을 살펴서 아름다운 곳을 함께 찾아봐야 할 것
이다.

시인들의 공통된 특징 중 하나는 누구나 좋은 시 한 편 써
보려는 욕심이 있다. 그런데 좋은 시 한 편은 그냥 나오는 것
이 아니다. 대장간에서 쇳물 부어 칼이나 낫을 만드는 대장장
이를 보면 온몸에 비 오듯 땀을 흘리며 찬물에 담갔다 다시
쇳물에 넣기를 반복하는 것이 한두 번이 아니다. 그래야만 칼
다운 칼이 만들어지는 것처럼 마찬가지로 시를 쓰는 것도 이
런 원리와 다를 바 없다. 시는 한 번에 영감이 떠올라서 한 번
에 써지는 경우도 있지만, 수없이 읽어 보고 고쳐 쓰고를 반
복해야 한다. 시를 쓰면서 시인의 심정을 잘 나타낼 수 있는
매체를 잘 선정해야 한다. 시인은 그 매체를 때로는 아름답게
보고 찬미하는 때도 있지만 자신의 감정을 효과적으로 실어
나르는 통로로도 생각하기 때문이다. 시가 단순히 보고 느끼
는 것에 안주하지 않고 자신의 삶에 있어 희로애락의 한 편에

서 자신의 몫을 대변하고 있는 것이기에 우리는 오늘도 시를 사랑하고 아끼고 또 널리 읽히고 사랑받도록 힘써야 할 것이다. 김선순의 시집 안부의 발간을 다시 한번 축하하며 2집, 3집으로 이어지는 시인의 작품집이 독자들에게 많은 사랑을 받기를 기도한다.

안부

초판 1쇄 인쇄일	ㅣ 2024년 10월 18일
초판 1쇄 발행일	ㅣ 2024년 10월 25일
지은이	ㅣ 김선순
발행처	ㅣ (재)당진문화재단
	충청남도 당진시 무수동 2길 25-2
	Tel 041-350-2911 Fax 041.352.6896
	https://www.dangjinart.kr/
펴낸이	ㅣ 한선희
편집/디자인	ㅣ 정구형 이보은 박재원
마케팅	ㅣ 정찬용 정진이
영업관리	ㅣ 한선희 이민영 한상지
책임편집	ㅣ 이보은
인쇄처	ㅣ 으뜸사
펴낸곳	ㅣ 국학자료원 새미 (주)
	등록일 2005 03 15 제25100 - 2005 - 000008호
	경기도 고양시 덕양구 권율대로 656 원흥동 클래시아 더 퍼스트 1519,1520호
	Tel 02)442 - 4623 Fax 02)6499 - 3082
	www.kookhak.co.kr
	kookhak2010@hanmail.net
ISBN	ㅣ 979-11-6797-199-9 *03810
가격	ㅣ 12,000원